RÉSEAU DES VOIES FERRÉES

SOUS PARIS

TRANSPORTS GÉNÉRAUX DANS PARIS

PAR UN RÉSEAU

DE VOIES FERRÉES SOUTERRAINES

Desservant les principaux quartiers et les mettant
en communication avec les gares des Chemins de fer

ET PAR UN SERVICE COMPLÉMENTAIRE DE VOITURES A CHEVAUX.

Par **L. LE HIR**, docteur en droit, avocat.

PARIS

IMPRIMERIE GUIRAUDET ET JOUAUST

RUE SAINT-HONORÉ, 338

1856

RÉSEAU DES VOIES FERRÉES

SOUS PARIS

TRANSPORTS GÉNÉRAUX DANS PARIS

PAR UN RÉSEAU

DE VOIES FERRÉES SOUTERRAINES

Desservant les principaux quartiers et les mettant
en communication avec les gares des Chemins de fer

ET PAR UN SERVICE COMPLÉMENTAIRE DE VOITURES A CHEVAUX

Par **L. LE HIR**, docteur en droit, avocat

PARIS

IMPRIMERIE GUIRAUDET ET JOUAUST

RUE SAINT-HONORÉ, 338

1856

L'auteur, dans cette Notice, n'est que narrateur; ce n'est pas son système à lui seul qu'il expose; il n'a fait que fournir l'idée première, puis joindre ses efforts à ceux de quelques hommes de cœur, convaincus, comme lui, qu'un réseau de voies ferrées de vingt-cinq kilomètres établi sous Paris, sans le secours d'aucune subvention, qui, en facilitant et en accélérant tous les transports, procurera cependant une économie annuelle de plus de cinq millions, et deviendra à l'expiration de la concession la propriété de la ville, serait un bienfait immense pour la cité.

De ces efforts communs est sorti le projet de réseau de voies ferrées souterraines tel qu'il existe aujourd'hui, c'est-à-dire avec des modifications nombreuses, lesquelles, tout en répondant aux exigences de l'autorité municipale, ont amené la construction du réseau à sa plus grande simplification.

C'est aux travaux de M. Mondot de Lagorce, ancien ingénieur en chef des ponts et chaussées, que sont dues, quant à la construction, les modifications heureuses apportées au premier projet; c'est aussi à lui seul qu'appartiennent tous les détails de construction ou relatifs à la construction que contient cette notice (1).

Le service général des transports dans Paris devant être fait par le réseau de voies ferrées souterraines et par un service complémentaire de voitures à chevaux, notre titre premier sera consacré au chemin de fer; le second, au service complémentaire.

---

(1) M. Mondot de Lagorce, ancien ingénieur en chef des ponts et chaussées dans les départements du Rhône, de l'Yonne et de la Haute-Garonne, avait, dès 1840, étant alors ingénieur en chef du département du Rhône, adressé un projet à l'administration pour préserver la ville de Lyon des inondations, en se servant des lacs de Genève, d'Annecy et du Bourget, comme réservoirs. Ce projet fut soumis à l'enquête. Il aurait eu pour résultat non seulement d'empêcher les inondations, mais aussi de fournir au Rhône de l'eau dans les temps de chômage de la navigation. (Voir *l'Ami des sciences* du 20 juillet 1856.) C'est ce barrage des trois lacs qu'il est question d'exécuter aujourd'hui.

TITRE Ier.

TRACÉ DU RÉSEAU DE VOIES FERRÉES SOUS PARIS, MODE DE CON-
STRUCTION ET D'EXPLOITATION. — BUT ET UTILITÉ DU RÉSEAU. —
DÉPENSES DE CONSTRUCTION ET D'EXPLOITATION. — PRODUITS DE
LA VOIE FERRÉE SOUTERRAINE.

CHAPITRE Ier. — *Projet du réseau de voies ferrées sous Paris. — Condition imposée relativement aux égouts. — Tracé du réseau, parcours. — Mode de construction ; forme et dimension des galeries, gares, stations. —Puits d'aérage. — Mode d'exploitation. — Machines fixes, trains.*

Par trois lettres, en date, l'une du 5 janvier 1854 , les deux autres du 9 même mois, les auteurs du projet de réseau de voies ferrées sous Paris demandaient à S. Exc. M. le ministre des travaux publics , à M. le préfet de la Seine et à M. le préfet de police, l'autorisation de prendre, dans les dépôts publics et dans les bureaux des administrations, tous les renseignements nécessaires à l'étude de ce réseau. Ces trois lettres contenaient un aperçu détaillé du tracé tel qu'il a été définitivement proposé par eux depuis, reliant entre elles et avec tous les principaux points de Paris les gares des grands chemins de fer ; les moyens d'exécution, de construction, de traction par machines fixes , y étaient indiqués.

Plus tard, le système adopté pour la construction du réseau de voies ferrées et pour son exploitation, le but et l'utilité de l'entreprise, étaient exposés dans un mémoire imprimé (1) ; mais, suivant ce premier système, les galeries souterraines devaient être ouvertes à peu de profondeur au dessous du sol et suivre le niveau des égouts.

M. le préfet de la Seine, consulté par S. Exc. des travaux publics, après avoir pris l'avis des ingénieurs de la ville, déclara que l'autorisation de construire le chemin de fer souterrain ne pourrait être donnée que si les galeries étaient établies de manière à ne contrarier *ni les égouts présents, ni les égouts futurs.*

Au lieu de combattre cette objection, les auteurs du projet y cédèrent. Ils remanièrent complétement leur premier travail, en

---

(1) Ce mémoire, in-4° de 72 pages, a été imprimé au commencement de 1855 par MM. Guiraudet et Jouaust, rue Saint-Honoré, n° 338, à Paris.

prenant pour règle constante *de descendre partout au niveau qui leur serait indiqué*. C'est dans ces termes qu'ils présentent leur demande aujourd'hui ; ils y trouveront l'avantage, sur les quelques points de Paris où le sous-sol est inondé, au lieu d'avoir à creuser dans le sable mouvant, d'arriver à la couche imperméable d'argile.

Toutes les difficultés de construction ont d'ailleurs été par eux prévues, et les prix et le devis établis en conséquence.

Le réseau complet du chemin de fer parisien comprendrait les lignes suivantes :

1re ligne : les boulevarts (de la Madeleine à la Bastille), avec embranchement sur l'entrepôt des Marais.

2e ligne : du chemin de fer de Rouen aux Halles, par la rue de Londres, la rue de la Chaussée-d'Antin, le boulevart des Italiens et la rue Montmartre.

3e ligne : du bassin de la Villette aux Halles, par la rue Lafayette et les boulevarts de Strasbourg et de Sébastopol, avec embranchement sur les gares des chemins de fer de Strasbourg et du Nord.

4e ligne : de Bercy à la place de la Concorde et à la Madeleine, par les rues de Lyon, Saint-Antoine et de Rivoli (passage sous le canal Saint-Martin). Cette ligne sera mise facilement en communication avec les ports de la Seine.

5e ligne : des Halles à la barrière d'Enfer (chemin de fer de Sceaux), en suivant le boulevart de Sébastopol dans son prolongement (passage sous la Seine).

6e ligne : du chemin de fer d'Orléans au chemin de fer de l'Ouest. Cette ligne passe sous le boulevart de l'Hôpital, le Jardin des Plantes ; elle suit la rue de Jussieu, la rue des Ecoles, la rue de Vaugirard et la rue de Rennes.

Le développement du réseau tout entier, y compris 2200 mètres pour le service des Halles centrales et de la Halle aux grains, serait de 25.170 mètres.

Le chemin, dans tout son parcours, suivrait la direction des rues les plus larges ou des boulevarts ; il ne passerait que sous un très petit nombre de maisons, qui seraient acquises par la Compagnie.

Vingt-deux gares et vingt-cinq stations seraient disséminées sur la surface de Paris.

Les galeries, construites en maçonnerie de ciment romain dans toutes les parties où les eaux pourraient être à craindre, seraient aussi étanches qu'un vase de porcelaine ; elles n'auraient de communication avec l'extérieur que par des conduits également étanches, aboutissant en des points où il serait impossible que l'eau parvînt, soit du sous-sol, soit de la rivière, soit des pluies ; au fond de chaque galerie serait une cuvette pour l'écoulement des eaux qui suinteraient à travers les parois. Ces eaux seraient facilement reportées des parties basses du parcours dans les égouts voisins.

Le chemin n'aurait qu'une seule voie, excepté aux stations, où l'on établirait le nombre nécessaire de voies d'évitement ou de garage.

La largeur des galeries serait de 2 mètres 50 centimètres entre les pieds droits ; elles seraient voûtées en plein cintre, et auraient une hauteur de 3 mètres sous clef ; la cunette du milieu aurait 50 centimètres de largeur sur 30 centimètres de profondeur.

La traction s'opérerait par 22 machines fixes à vapeur, de la force ensemble de 2400 chevaux, au moyen de câbles et tambours. Ces machines serviraient, en outre, aux diverses manœuvres qu'exigeraient l'embarquement, le débarquement, le transbordement, l'ascension et la descente ou les autres mouvements des colis à transporter.

Des puits ou bouches d'aérage seraient établis de 80 mètres en 80 mètres. La largeur et la hauteur des voitures différant peu des dimensions de la galerie, il en résulterait que chaque train pousserait l'air en avant, en le faisant sortir par les bouches d'aérage situées du côté du point d'arrivée, et produirait, à l'arrière, un vide qui se remplirait avec de l'air atmosphérique pur, arrivant par les ouvertures du côté du point de départ. Les puissantes machines à vapeur fixes qui serviraient à la traction des convois et à toutes les autres machines de force seraient alimentées par de l'air pris dans les puisarts, au fond de la cunette. L'air, constamment renouvelé, se maintiendrait donc toujours parfaitement pur et sain dans les galeries et dans les gares.

Le transport s'exécuterait sur des plateaux roulants d'une station à l'autre ; chaque train, en arrivant à la station, remettrait son chargement au train correspondant de la station suivante, puis reviendrait par un mouvement de navette, en rapportant à son point de départ le chargement qu'en échange il aurait reçu. Les gares, les quais, les plateaux ou trucs, les wagons, les voitures, etc., seraient disposés de manière à ce qu'on pût promptement et facilement passer ainsi le chargement d'un train sur l'autre.

CHAPITRE II. — *But et utilité du réseau de voies ferrées souterraines.* — *Rues de Paris désencombrées et d'un entretien plus facile.*— *Transport des voyageurs et des ouvriers à cinq centimes.* — *Rapidité imprimée aux services de factage et de camionnage.* — *Economie annuelle de cinq millions sur les transports dans Paris.*— *Perfectionnement du service des vidanges et des boues.*

On se ferait difficilement une idée des ressources attachées à un réseau de voies ferrées souterraines dans une grande ville comme Paris, ayant de nombreuses gares et stations, et auquel serait annexé un système général et complet de voitures attelées pour le service du roulage, du camionnage, du factage, et pour tous les autres services de transport et de correspondance dans les quartiers où n'aboutirait pas le chemin de fer lui-même.

L'établissement de la voie ferrée souterraine *aurait pour effet :*

1° De *diminuer l'encombrement des rues* principales, cause permanente d'accidents quotidiens, encombrement qui s'accroît tous les jours, et qui s'accroîtra plus encore avec le développement que prend chaque année la population de Paris.

L'encombrement des rues de Paris est immense. Il circule tous les jours dans Paris plus de 50,000 voitures (1), depuis la voi-

---

(1) M. Armand Husson, dans son ouvrage sur la consommation de Paris, porte le nombre des voitures pour le transport des personnes, qui circulent chaque jour dans Paris, à. 11,465
Et les voitures pour le transport des marchandises, denrées, etc., à. . . . 15,910

Total. 27,675

« Mais dans ce total ne sont pas comprises, dit M. Husson, les nombreuses voitures affectées au camionnage des entreprises de transport, celles qui font le service nocturne des vidanges ou qui amènent le plâtre et les matériaux destinés aux constructions publiques ou privées, enfin ces véhicules sans nombre, traînés à la bretelle ou poussés à bras qui, servant au colportage des denrées et des menues marchandises, vont et viennent en tous sens par les rues de la ville et y sont une cause permanente d'encombrement. »
Dans un article du *Moniteur* du 18 septembre 1850, p. 3280, 1re colonne, on portait le

ture bourgeoise à quatre roues jusqu'à la petite voiture à bras, et la plupart d'entre elles font, dans l'intérieur de la cité, environ 30 kilomètres par jour (1).

Quant à la circulation des piétons sur les points les plus fréquentés de Paris, il a été constaté, en 1850, que, sur le Pont-Neuf, il passait 80,000 piétons en 24 heures et 10,000 chevaux.

Si l'on considère que cette affluence de piétons, de chevaux et de voiture, encombre surtout un certain nombre de rues et à certaines heures de la journée, et qu'il y a même des jours où l'affluence est triple et quadruple de ce qu'elle est aux jours ordinaires, on comprendra de quelle utilité sera la voie souterraine ferrée, seul moyen de transport qui puisse, en tous temps et dans tous les moments, suffire aux besoins, quels qu'ils soient, de la circulation.

Il y a *tous les jours une personne tuée ou blessée* par les voitures dans les rues de Paris : c'est la moyenne des accidents *constatés*, indépendamment de ceux qui passent inaperçus (2). Le réseau de voies ferrées souterraines, en s'emparant, sur tout son parcours, des innombrables articles de factage, de camionnage et de roulage qui circulent aujourd'hui sur la surface des rues, offrira le moyen le plus sûr de diminuer ces accidents.

2° De rendre l'*entretien des rues* beaucoup *plus facile et moins*

---

nombre de toutes les voitures circulant chaque jour dans Paris à. 50,256
On a constaté qu'il passe en moyenne en 24 heures sur le Boulevard des Italiens 10,750 voitures. (V. Rapport sur le pavage et le macadamisage des chaussées de Londres et de Paris, par M. Darcy, 1840.)
Enfin, M. Husson estime que le nombre de personnes circulant en voitures dans Paris s'élève par an à. 50,000,000
Ou, par jour, à. 136,986

(1) On estime que les courses de fiacre, payées 1 fr. 50, sont, l'une portant l'autre, de 3 kilomètres, et qu'un fiacre gagne 15 fr. par jour, c'est-à-dire que chaque fiacre parcourt par jour 30 kilomètres. Il en est de même de toutes les autres voitures de place. Les voitures de remise font encore plus de chemin.
Les voitures omnibus parcourent, en moyenne, 64 kilomètres par jour.

(2) Note fournie par la préfecture de police au commencement de 1854 :
Accidents de voitures constatés *dans Paris* : en 1850, 264 ; — en 1851, 418 ; — en 1852, 248 ; — en 1853, 530. — Total, 1460.
Ce nombre de 1460 accidents pour quatre années donne une moyenne de 365 accidents par an, un accident par jour.
D'après un autre renseignement, sur une moyenne décennale de 380 accidents par an, *dans le département de la Seine*, jusqu'en 1850, on a compté 24 morts et 356 blessés. (Voir *Annuaire d'économie politique*, 1850.)

dispendieux, en les débarrassant de l'affluence des lourdes voitures, dont la marche lente est un si grand obstacle, et dont le poids est la cause la plus active de la destruction des chaussées.

L'entretien des rues de Paris a coûté à la ville, en 1853, 2,500,000 fr., non compris le pavage neuf.

Or, ce qui nuit le plus aux chaussées, ce sont les lourdes voitures, celles-là mêmes dont la voie ferrée souterraine débarrassera principalement les rues.

3° De mettre à la disposition des habitants de Paris des *moyens de transport toujours prêts, toujours suffisants*, même aux jours de grande affluence, et de les rendre *accessibles*, pour une très modique rétribution (*cinq centimes*), notamment *aux nombreux ouvriers* qui logent aux extrémités de Paris ou dans la banlieue, et que leurs travaux appellent chaque jour dans l'intérieur de la ville.

Le transport des voyageurs a été compté pour très peu dans les produits supposés du réseau de voies ferrées souterraines : la nécessité de descendre un grand nombre de marches pour arriver aux stations du chemin de fer, et d'en monter autant à la sortie, a fait penser que les voyageurs préféreraient, même en payant quinze centimes au lieu de cinq centimes, voyager sur la surface du sol et à la lumière du jour.

Cependant, aux jours de grande affluence, les voitures de transport en commun sont complétement insuffisantes, et il n'en saurait être autrement, puisque les équipages ne peuvent être mesurés que sur la circulation des jours ordinaires.

L'affluence des voyageurs étant surtout entretenue par ceux qui se rendent aux chemins de fer, et la voie souterraine conduisant à tous les embarcadères, il n'y aura plus de ce côté ni manque de place, ni attente. L'abaissement du prix de transport à cinq centimes devra, d'ailleurs, attirer un nombre de voyageurs plus grand encore. Alors seulement l'habitant de Paris pourra jouir à loisir, les dimanches et les jours de chômage, du grand air et des promenades si riches et si variées que la nature, l'art et la prévoyance du Gouvernement et de la ville ont placées, dans un rayon de quelques kilomètres, à sa portée.

Mais ce que l'on signale à l'attention de tous ceux qui sont chargés de veiller au bon ordre dans la cité, et surtout au bien-être des ouvriers, c'est la facilité que donnera à ceux-ci le réseau souterrain pour se faire transporter des extrémités de Paris à leurs travaux, dans le centre et sur quelque point de la ville que ce soit, et pour retourner le soir à leur logement.

L'ouvrier trouve bien plus facilement à se loger dans les quartiers éloignés du centre ; ces quartiers sont d'ailleurs beaucoup plus sains : les ouvriers n'y sont pas entassés comme ils l'étaient jadis dans les rues étroites, humides et infectes de l'intérieur. Si l'ouvrier avait un moyen économique et commode de se rendre le matin à ses travaux et de s'en retourner le soir, il comprendrait bientôt tout ce qu'il y aurait d'avantageux pour lui à se placer aux extrémités de la ville ou au dehors, dans une habitation spacieuse et bien aérée. Or, par le réseau de voies ferrées souterraines, tout voyageur, pour *cinq centimes*, parcourrait Paris dans tous les sens et d'une extrémité à l'autre.

On y serait, il est vrai, privé de la lumière du soleil ; mais aussi, dans l'été, on n'y aurait pas à souffrir de ses rayons brûlants ; dans l'hiver, on n'y serait pas exposé au froid et à la pluie.

Ainsi que nous l'avons dit, d'ailleurs, toutes les précautions seraient prises pour rendre le parcours aussi sûr et aussi commode que possible. La galerie, étanche comme un vase de porcelaine, serait à l'abri de toute inondation ; l'air y serait renouvelé sans cesse et par la marche même des trains ; les voyageurs y seraient enfin en parfaite sûreté dans des voitures qui, marchant régulièrement, à vitesse très modérée, sur rails et longrines, sans mouvement de trépidation ni de lacet, et attelées à de simples cordages par des appareils à dételage instantané, n'auraient à redouter ni l'eau, ni le feu, ni les éboulements, ni les déraillements, ni les rencontres, ni chocs quelconques.

Quant à l'inconvénient de descendre et de monter plusieurs marches pour arriver aux stations et pour en sortir, ce même inconvénient n'empêche pas d'innombrables promeneurs d'arpenter l'escalier de Saint-Cloud, d'une élévation au moins égale. Ajoutons qu'à l'approche des stations le chemin de fer souterrain pourra se rapprocher un peu du niveau du sol des rues, et que sa profondeur sera diminuée.

Des places de dix centimes seront réservées pour ceux qui voudront être plus commodément assis ; et des moyens mécaniques pourront être employés pour leur éviter la fatigue de monter et de descendre aux stations.

4° De *hâter*, de régulariser, de généraliser, en les centralisant, le *service de factage* des messageries et le *service de camionnage* dans l'intérieur de Paris.

Le service de roulage et de messagerie dans Paris, c'est-à-dire le camionnage et le factage, sont aujourd'hui, on peut le dire, dans un état d'imperfection approchant de la barbarie.

Les grandes lignes des chemins de fer apportent à Paris, en quelques heures, des points les plus éloignés de la France et de l'étranger, des articles de messagerie qui mettent autant et plus de temps pour parvenir de la gare chez le destinataire que pour parcourir la France tout entière. D'innombrables petits articles sont transportés, surtout de Paris aux villes placées dans un rayon de 100 à 150 kilomètres, et réciproquement. L'activité et l'industrie des entreprises dont le centre est à Paris se sont étendues sur une surface de mille lieues carrées ; mais, pour favoriser complétement cette dilatation, cette expansion des forces industrielles du centre de la France, il faudrait que la rapidité des distributions dans Paris ne laissât rien à désirer.

Il est impossible d'éviter ces retards si l'on ne centralise pas, si l'on ne multiplie pas les services de factage ; et ils ne peuvent être centralisés et multipliés que par l'établissement d'un chemin de fer mettant en communication toutes les gares avec tous les points principaux de Paris, et par l'annexe d'un service fréquent et général de factage pour tous les autres points qui ne seraient pas desservis par le chemin de fer.

Les mêmes vices se font remarquer dans le roulage de Paris ou dans le camionnage. Chaque commissionnaire de roulage, presque chaque négociant ou commissionnaire en marchandises, est obligé d'avoir tout un système de camions, de chevaux, pour transporter, soit des chemins de fer à ses magasins, soit de ses magasins chez le destinataire, les nombreux articles de roulage qui alimentent Paris. Ces articles restent dans les gares de marchandises des chemins de fer des journées et quelquefois des semaines entières. Les compagnies sont obligées, faute de moyens fréquents de transport dans Paris, d'étendre leurs gares outre mesure et de former des magasins, sans limites, aux environs de leurs débarcadères.

La centralisation du roulage, à l'aide du chemin de fer souterrain et d'un service de camionnage attaché à chacune de ses gares, aura pour effet de hâter considérablement le transport par roulage dans Paris et de le rendre plus économique, puisque là où maintenant 100 à 150 entreprises sont obligées de diviser et de subdiviser les transports, et d'employer le plus souvent de forts camions à charroyer cinq ou six quintaux de marchandises, une organisation générale permettra de ménager et d'utiliser toutes les forces en frais généraux, en hommes, en voitures, en chevaux.

5° De *faciliter le transport* de ces innombrables *articles du commerce de détail ou de demi-gros* qui exigent aujourd'hui, de la part des maisons de commerce de Paris, l'entretien de voitures et d'un personnel de facteurs ou commissionnaires qui se multiplient avec les grands magasins, et qui sont une des plus fortes charges de la vente.

Les mauvais effets de la division des forces et du travail se font encore plus sentir dans le transport des objets qui circulent dans Paris, de maison à maison, et principalement de chez les marchands chez les particuliers. On peut compter presque autant de voitures et d'hommes employés au transport des articles de la vente de détail et de demi-gros qu'il y a de fabricants dans Paris et d'établissements quelque peu importants de vente de marchandises. — L'établissement de bureaux sur tous les points de Paris, et de voitures circulant sans cesse pour prendre chez les principaux marchands et porter chez les particuliers les articles vendus et pour en rapporter le prix, permettra de réaliser une économie énorme dans ce service, et aussi de satisfaire, à chaque heure du jour, aux besoins des envois et des transports.

6° De *procurer* au commerce et à tous ceux qui reçoivent des articles de *roulage* ou de *messagerie* dans Paris une *économie* de 30 à 40 *pour* 100 sur les prix actuels de *camionnage* et de *factage*, de même que sur le *transport des articles du commerce de détail ou de demi-gros* et des *articles de commission*, économie qui, jointe à celle du transport des voyageurs, ne peut être évaluée à moins de *cinq millions par an* (1) !

---

(1) Sur 15 millions d'articles de messageries ou d'articles de commissions dans Paris (Voir ci-après p. 20 et 21), au lieu de 30 centimes, prix actuel, 20 centimes — Économie. . . . . Fr. 1,875,000

Sur 4 millions au moins de tonnes de camionnage ou de roulage (Voir ci-après, p. 23), au lieu de 3 fr., 4 fr. et 5 fr., prix actuels, 3 fr., soit, différence moyenne, 75 centimes par tonne. — Economie. . . . . . . Fr. 2,800,000

Total, économie annuelle sur le factage, le camionnage et le roulage dans Paris . . . . Fr. 4,675,00

7° De mettre à la disposition de la ville de Paris un réseau de plus de 25 kilomètres de grandes voies ferrées souterraines, tout prêt pour le transport de ses vidanges, de ses immondices et de ses boues, lorsqu'elle appliquera à ce service son système général de transports souterrains ;

D'apporter même *sur-le-champ* un *perfectionnement* et une *économie* immenses dans le service des *vidanges*, de *faciliter le transport hors Paris des eaux ménagères*, si l'on parvient à les recueillir et à les utiliser pour l'agriculture ; de *faciliter* encore le *transport des boues hors Paris.*

Nous réunissons ces trois espèces d'améliorations sous un même numéro parcequ'elles ont entre elles une grande corrélation, surtout depuis que le rapport si remarquable sur les eaux de Paris fait par M. le préfet de la Seine à la commission municipale, et publié dans *le Moniteur* des 5, 6 et 7 décembre 1854, a réuni lui-même tout ce qui concerne la vidange, les égouts, les boues des rues, les boues ménagères et l'écoulement des eaux pluviales et des eaux domestiques, dans un même système d'amélioration ou dans un projet de canalisation complète souterraine.

M. le préfet suppose que le dessous des rues de Paris serait sillonné par de longues galeries souterraines, les unes principales, les autres secondaires, les autres de petite section, ces dernières aboutissant directement aux maisons qui bordent les rues.

Mais ce qui préoccupe principalement M. le préfet de la Seine, ce sont les travaux, ce sont les dépenses qu'il faudra faire pour arriver à l'accomplissement de son projet ; c'est le temps qui s'écoulera avant que les habitudes de la population parisienne, avant que les rues, les maisons, aient été ainsi transformées.

Or, l'exécution de notre réseau de chemins de fer souterrains diminuerait, de moitié peut-être, les travaux et les dépenses qu'aurait à faire la ville de Paris pour accomplir le magnifique projet dont le plan a été présenté à la commission municipale. On comprend sur-le-champ que toutes les galeries secondaires, auxquelles aboutiraient les galeries de petites sections, viendraient aboutir elles-mêmes au réseau du chemin de fer souterrain, non pas par une communication immédiate, car, les galeries projetées par la ville devant servir en même temps de chemins à rails, d'égouts et de conduites pour les eaux pluviales, il serait impossible de les faire communiquer directement avec le réseau des transports ; mais rien ne serait plus facile que d'établir de distance en distance de petites stations d'où, par une porte élevée, bien close, et qu'on n'ouvrirait qu'à des moments donnés, les tinettes portant les matières extraites des fosses d'aisances ou les eaux ménagères, et celles faisant le service des boues des rues et des immondices des maisons, passeraient des galeries de la ville sur le chemin de fer souterrain. Le chemin de fer les transporterait immédiatement, soit au dépotoir de La Villette, avec lequel il serait en communication au moyen d'une voie à ciel ouvert, soit aux grandes gares des chemins de fer partant de Paris, pour être répandues sur tous les points où il conviendrait à l'administration de les faire conduire. Ce service ne pourrait, au reste, être fait que de nuit. Les plus grandes précautions seraient prises pour qu'aucune trace du passage des immondices ne restât dans les galeries ; les facilités d'aérage, déjà signalées, serviraient merveilleusement sous ce rapport.

Et ce n'est pas seulement des dépenses d'établissement et de construction d'une voie de fer souterraine large et profonde, de 25 à 26 kilomètres de longueur, et de l'achat et de l'entretien du matériel propre à cette voie principale, que la ville de Paris serait exonérée : elle aurait à payer de moins, en outre, le service journalier du transport des matières de l'extrémité de chaque voie secondaire aux lieux d'arrivée, le chemin de fer souterrain devant se charger de ce transport pour une rétribution comparativement très modique. (Voir ci-après, p. 25.)

Mais ce qui sera plus apprécié encore, c'est que, dès aujourd'hui, et sans attendre la réalisation du grand système exposé par M. le préfet de la Seine, le service des vidanges, celui des eaux ménagères et le service des boues dans Paris, pourra être considérablement perfectionné.

Les voitures des vidangeurs, en effet, au lieu d'avoir à transporter leurs lourds chargements dans toute la longueur de Paris et au loin dans la campagne, n'auront qu'à les déposer aux stations les plus proches du chemin de fer souterrain, d'où, par le service de nuit, elles seront envoyées aux gares des chemins de fer aboutissant à Paris, et de là, pour un très faible prix, à de grandes distances.

Dans l'état actuel des choses, la partie liquide des vidanges est répandue en grande quantité sur la voie publique, quoique dans cette partie liquide se trouve peut-être ce qu'il y a de plus précieux comme engrais. On la répand ainsi parceque les frais de transport absorberaient, et au delà, le bénéfice qu'on en pourrait tirer. Or, si le transport par voitures à chevaux était borné, comme nous le disions, à la distance entre chaque fosse et les principales gares du chemin de fer souterrain, les frais de ce transport, joints à ceux de transport sur le chemin de fer lui-même, n'étant plus assez considérables pour absorber la valeur de l'engrais liquide, on s'en servirait pour l'agriculture, de même que de l'engrais solide. Jusqu'à ce que l'usage des eaux soit devenu général par la réalisation du grand système de M. le préfet de la Seine, l'abondance des eaux inutiles dans les fosses ne dépassera pas certaines limites. On pourra donc enlever toutes les matières qu'elles contiennent sans en infecter la voie publique, et utiliser les matières liquides, comme les matières solides, au grand profit de l'agriculture.

Quant aux eaux ménagères, au lieu de les déverser sur la rue et de là dans les égouts, on pourrait, au moyen de certaines précautions pour éviter les émanations malfaisantes, les déverser dans les fosses d'aisances, et les utiliser ensuite comme engrais.

Enfin l'on sait de quelle ressource sont encore pour l'agriculture les boues ménagères et celles des rues de Paris ; mais les frais de transport hors Paris empêchent, d'une part, que la ville en retire tout le profit qu'elle serait en droit d'en attendre ; d'autre part, que les cultivateurs eux-mêmes puissent se les procurer, si ce n'est sur les points les plus rapprochés de Paris, à des prix abordables. (Voir ci-après, p. 24.)

Le chemin de fer souterrain, sans attendre encore les améliorations au service des boues proposées par M. le préfet, diminuera considérablement les frais de transport actuels, puisque, par des voitures disposées tout exprès, on pourra porter les boues de chaque rue ou de chaque quartier à la station la plus voisine, et placer ces voitures elles-mêmes sur les trucs de la voie souterraine.

Ainsi se trouverait résolu par le chemin de fer souterrain un des plus beaux problèmes de la science économique et agricole : celui de faire profiter aussi largement, aussi économiquement et aussi directement que possible, l'agriculture, de toutes les matières refaites et reproduites comme engrais par la consommation des grandes villes.

CHAPITRE III. — *Dépenses de construction et d'exploitation.*

La dépense totale à faire pour l'exécution du réseau des galeries souterraines, l'achat des maisons et terrains, l'établissement des gares, stations, machines motrices, wagons, voitures et trucs de la voie de fer, mais non compris ce qui concerne le service complémentaire de factage, camionnage et roulage, et tous les mouvements en dehors de la ligne ferrée, s'élèverait à quarante millions de francs, d'après le détail sommaire suivant, savoir :

25,170 mètres de longueur de galerie, exigeant chacun 15 mètres cubes de déblais et 5 mètres cubes de maçonnerie (1), y compris la cunette, les rouleaux de friction, les rails, longrines, câbles et tous accessoires, à raison de 750 fr. le mètre courant, taux moyen. . . . . Fr. 19,877,500

Supplément pour 2500 mètres de longueur dans les gares, à 1,000 fr. le mètre 2,500,000

47 gares ou stations, à 40,000 fr. l'une (2). . 1,880,000

2400 chevaux de force motrice à vapeur, à 1,000 fr. 2,400,000

Matériel roulant, évalué à 30,000 fr. par kilomètre, pour 25 kil. 170 755,000

Total pour les travaux . . . Fr. 27,412,500

Etablissements à créer, ateliers pour la réparation du matériel, remises, etc. . . . Fr. 500,000

Indemnités de terrains et bâtiments (3). . . 5,000,000

Second total. . . . . . . : Fr. 32,912,500

Personnel, direction, administration, intérêts

---

(1) On sait que les galeries auraient 3 mètres de haut et 2 mètres 50 de large. (Voir ci-dessus, p. 7.)

(2) Les simples *stations* auraient peu de développement.

(3) Les dépenses d'expropriation seront plus élevées ; mais les maisons qui seront acquises pour les gares, par exemple, donneront des produits de location ; les 5 millions du devis représentent la perte matérielle à subir par la compagnie.

Les gares, devant être placées sur les points où se développera le plus la voie publique trouveront de grands espaces sous cette voie.

des fonds pendant la durée des travaux, évaluée à trois ans; somme à valoir pour dépenses imprévus ou accidentelles et appoints. 7,087,500

Dépense totale, évaluée à. . . Fr. 40,000,000

Chapitre IV. — *Tarif.* — *Produit des transports sur le réseau de voies ferrées souterraines; partage des produits entre le réseau souterrain et le service complémentaire.* — *Frais d'exploitation et d'entretien.* — *Recettes nettes annuelles.*

Pour être indemnisée de ses frais, risques et dépenses d'exploitation, la Compagnie demanderait à être autorisée à percevoir pendant quatre-vingt-dix-neuf ans, sur les transports qu'elle aurait effectués, des rétributions dont le maximum serait réglé conformément au tarif suivant :

Voyageurs de 1re classe, 10 centimes; 2e classe, 5 centimes.

Bagages des voyageurs des chemins de fer (Voir ci-après, p. 19), chemin de fer et service complémentaire compris, chaque colis de 30 kilog. et au dessous, 20 cent.

Articles de messagerie ou de factage, chemin de fer et service complémentaire compris, 20 centimes (le factage coûte aujourd'hui 30 et 35 centimes).

Articles de commission dans Paris, chemin de fer et service complémentaire compris, 20 centimes.

Articles de camionnage, chemin de fer et service complémentaire compris, la tonne, 3 francs (le camionnage coûte aujourd'hui 4 et 5 francs par tonne).

Transport d'une tonne de vidange ou de boue sur le chemin de fer, 1 fr. 50 c.

Les produits de la voie ferrée souterraine seront donc fournis par les voyageurs, par les bagages des voyageurs des chemins de fer, par les articles de messagerie ou de factage, par les articles de commission dans Paris, par le roulage dans Paris ou par le camionnage, par le transport des vidanges, des eaux ménagères et des boues de Paris.

1° Voyageurs.

Plus de 40,000 ouvriers sont, dès aujourd'hui, poussés par la cherté des loyers aux extrémités de Paris et hors Paris.

Quoique le prix du transport des voyageurs sur tout le parcours du chemin de fer souterrain ait été, comme on l'a vu, abaissé à 5 centimes, le produit des voyageurs n'a été porté qu'à 657,000 francs par an. On a supposé que sur les 40,000 ouvriers il y en aurait tous les jours 16,000 seulement sur le réseau, allant et venant, ce qui, à 5 centimes l'aller et à 5 centimes le retour, donnerait une recette annuelle de. . . 584,000 fr.

Le réseau de voies ferrées porterait probablement un grand nombre de voyageurs aux gares des grands chemins de fer, puisque surtout, comme on le verra ci-après, il se chargera de faire prendre les bagages des partants et de rendre les bagages des arrivants à domicile ; mais, comme on tient à rester, dans les prévisions, au dessous de la vérité, on négligera le produit des voyageurs des grands chemins de fer, ainsi que celui des voyageurs de 1re classe, et l'on ne portera pour voyageurs que. . . . . 584,000 fr.

2° Bagages des voyageurs partant ou arrivant par les grands chemins de fer.

Le service de voitures qui sera annexé au chemin de fer souterrain, voitures qui parcourront sans cesse les circonscriptions des nombreux bureaux disséminés dans Paris par la compagnie, permettra de prendre pour tous les départs et de conduire à domicile, à toutes les heures d'arrivée, les bagages des voyageurs partant ou arrivant par les grands chemins de fer, de même que les articles de messagerie.

Le chemin de fer souterrain pourra donc compter sur une certaine quantité de ces bagages.

Malgré l'avantage évident qu'auront les voyageurs à user de ces services pour le transport de leur personne et de leurs bagages, on ne porte pour cet objet, à 20 centimes par article (voir p. 18), prix de transport sur le chemin de fer et service complémentaire, qu'une somme annuelle de 150,000 fr., dont le tiers seulement applicable au transport sur le chemin de fer. 50,000 fr.

3° Articles de messagerie ou de factage dans Paris.

On estime que le nombre des articles de messagerie arrivant chaque jour dans Paris, et distribués par le factage des chemins de fer et par celui des diverses entreprises de messageries, monte en moyenne, par jour, de 13 à 14,000 (13,699) (1), ou, par an, à 5,000,000

Le nombre des articles de départ peut être évalué à moitié des articles d'arrivée, soit, par an. . . 2,500,000

Total, articles de messagerie de départ et d'arrivée. 7,500,000

Pour rester encore au dessous des produits probables, on n'en attribue que les deux tiers au chemin de fer, soit, articles. 5,000,000

A 20 centimes par article, parcours sur le chemin de fer et service complémentaire compris, le produit annuel sera de. . . . . Fr. 1,000,000

Mais, sur ce million de francs, deux cinquièmes seulement devront être appliqués au transport sur le chemin de fer, les trois autres cinquièmes étant réservés pour le service complémentaire, soit, pour le chemin de fer. . . . . Fr. 400,000

4° Articles de vente du commerce de détail et de demi-gros, et articles de commission dans Paris.

Tous ceux qui connaissent les usages des magasins de Paris savent que des quantités innombrables d'articles sont portés journellement de chez les marchands chez les acheteurs.

Le nombre des voitures employées aux transports des grandes maisons de vente en détail ou en demi-gros et des fabricants dans Paris, déjà très considérable, s'accroît tous les jours.

On croit pouvoir assurer avec toute certitude qu'il se transporte plus d'articles, chaque jour, de chez les marchands chez les acheteurs, et de chez les particuliers chez les particuliers, qu'il n'en arrive par les chemins de fer et par les messageries. On adoptera donc pour nombre des articles ainsi portés dans Paris le chiffre de 5,000,000 par an, représentant les articles de messagerie arrivant ; et, comme moitié au moins de ces articles donneront lieu à une réponse ou à un retour de fonds, on aura, en définitive, pour total, le même total que pour les articles de messagerie, soit par an, articles. 7,500,000

Pour ne pas rester au dessous des prévisions, nous n'en prenons qu'un tiers. 2,500,000

---

(1) Voir, pour plus de détails, notre premier mémoire imprimé, in-4 de 72 pages.

A 20 centimes par article , transport sur le chemin de fer et par le service complémentaire, le produit annuel sera de . . . . Fr.   500,000

Sur les 500,000 fr., deux cinquièmes seulement devront être appliqués au transport sur le chemin de fer, soit.   200,000

5º Produits du roulage et du camionnage dans Paris.

Les nombres des nᵒˢ 1 à 16 qui suivent indiquent, dans la colonne à gauche, les quantités en tonnes entrées dans Paris et sur lesquelles ont été perçus les droits d'octroi en 1853 ; les nombres des nᵒˢ 17, 18, 19, 20 et 21, indiquent d'autres quantités entrant dans Paris, mais sur lesquelles aucun droit n'est perçu ; les nombres des nᵒˢ 22 et 23 indiquent les quantités *sortant* de Paris ; les nombres de la colonne à droite indiquent les quantités en tonnes que l'on suppose devoir être acquises au réseau de voies ferrées souterraines.

Articles de roulage entrant dans Paris.

	Quantités effectives entrant dans Paris ou en sortant. Tonnes.	Quantités attribuées au chemin de fer. Tonnes.
1º Boissons, liquides, 1,646,015 hectolitres (on suppose l'hectolitre pesant 100 kilogrammes).	164,601	108,000
2º Raisins	2,297	1,600
3º Viandes sortant des abattoirs. . .	58,446	0,000
4º Viandes ne sortant pas des abattoirs , provenances de l'extérieur, charcuterie et fromage.	23,830	17,000
5º Autres comestibles , marée, volaille, beurre, etc. (1)	47,000	30,000
6º Bois de chauffage, 700,029 stères , soit, tonnes	560,000	200,000
7º Charbons de bois et de terre, 7,907,530 hectolitres , soit , tonnes. .	790,753	395,000
8º Fourrages, 19,676,564 bottes, soit, tonnes.	98,382	30,000

(1) Ces articles sont indiqués dans les états de l'octroi seulement par leur valeur, portée à 47,472,075 fr. Nous supposons la valeur de 1 franc représentant un kilogramme.

	Quantités effectives entrant dans Paris ou en sortant. Tonnes.	Quantités attribuées au chemin de fer. Tonnes.
9ᵉ Avoines , 1,083,916 hectolitres, soit, tonnes	54,195	40,000
10ᵒ Matériaux , ciment , plâtre , 3,246,706 hectolitres, soit, tonnes . .	389,604	104,000
11ᵒ Moellons , pierres de taille et marbres, 309,396 mètres cubes, soit, tonnes.	835,369	160,000
12ᵒ Autres matériaux , ardoises , briques, tuiles , etc.	19,876	12,000
13ᵉ Mottes de terre glaise, sable gras, 32,543 mètres cubes, soit, tonnes. . .	53,932	24,000
14ᵒ Poteries . , ...	4,813	3,000
15ᵒ Bois de construction , charpente, etc., 65,860 stères, soit, tonnes 52,412		
Bois de sciage , 17,882,958 mètres courants, soit. tonnes.. 107,297		
Lattes, 176,058 bottes, soit, tonnes. 1,760		
Bois de décharge, 66,912 mètres cubes, soit, tonnes. . . 53,529		
Total, bois de construction.———	214,998	80,000
16ᵒ Orge , 65,407 hectolitres, soit, tonnes. . , ...	3,924	3,000
17ᵒ Objets divers, sel, cires, bougies , suifs , etc.	8,903	6,400
18ᵒ Grains et farines pour la consommation de Paris (1).	200,000	200,000
19ᵒ Sucre, café, riz, bois de teinture et autres denrées coloniales (2). . . .	20.000	20,000

(1) La consommation de Paris en grains et farines est annuellement d'environ 200 kilog. par personne.

(2) La consommation du sucre en France est annuellement de 4 kilog. par personne (*Annuaire d'économie politique*, 1854, p. 393); celle des riz étrangers, aussi de 4 kilog.; celle du café, cacao, poivre , thé, coton, indigo, bois de teinture, soufre, est de 3 kilog. 4187 gr. : total, 11 kilog. 4187 gr. par personne. La consommation par habitant est au moins le double à Paris de ce qu'elle est dans la France entière. Nous avons porté , pour toutes les denrées coloniales, 20 kilog. par habitant. M. Husson, dans son traité sur la consommation de Paris, porte 11 kil. 300 gr. pour le sucre consommé par chaque habitant.

	Quantités effectives entrant dans Paris ou en sortant. Tonnes.	Quantités attribuées au chemin de fer. Tonnes.
20° Denrées de la halle, légumes, pommes de terre (1).	465,922	250,000
21° Etoffes, toiles, laines, lin, chanvre, etc., objets de quincaillerie (10 kilogrammes par habitant)	10,000	10,000
22 Métaux, fers, fonte, aciers, fers travaillés, etc. (2)	25,000	25,000

Articles de roulage, objets sortant de Paris.

23° Articles que l'industrie parisienne fournit à l'étranger (3).	34,597	34,000
24° Articles de l'industrie parisienne sortant de Paris pour la France (4). .	100,000	100,000
Total, articles de camionnage, tonnes (5).	4,186,442	1,853,000

Ainsi, sur 4,040,378 tonnes qui entrent annuellement dans Paris ou qui en sortent, on n'en prend que 1,853,000 ; et même, comme on suppose que le trafic de roulage pourrait être moins considérable sur le parcours du service complémentaire que sur le réseau de voies souterraines, on n'attribue que 1,553,000 tonnes au service complémentaire.

---

(1) Un rapport fait par M. Tronchon, en juin 1851, à la commission municipale, constate qu'en temps ordinaire les halles centrales sont desservies par 3990 voitures et par 795 bêtes de somme. Si chacune de ces voitures portait seulement 300 kilog. et chaque bête de somme 100 kilog., ce serait par jour 1,276,500 kilog., ou par an 465,922 tonnes.

(2) La consommation de la France en fonte a été en 1847 de 500,000 tonnes ; sa consommation en fer et autres métaux de 3 à 400,000 tonnes.

(3) Ce poids de 34,597 tonnes est celui des exportations déclarées à la [douane de Paris pendant l'année 1852.

(4) D'après la statistique de l'industrie de Paris par M. Horace Say (chambre de commerce), l'industrie parisienne a produit en 1847 pour une valeur de 1,463,628,350 fr. d'objets fabriqués. Ces objets, d'après la comparaison entre la valeur et le poids de ceux exportés, pèseraient 217,803 tonnes ; nous n'avons porté comme sortant de Paris pour la France que 100,000 tonnes.

On peut voir, au reste, les détails de tous ces calculs dans notre premier Mémoire imprimé, in-4° de 72 pages.

(5) Dans ces articles n'est pas compris un produit fort important, le lait, que M. Husson, dans son ouvrage sur la consommation de Paris, estime devoir entrer dans la consommation annuelle pour une quantité de 109,291,086 litres.

Les 1,853,000 tonnes produiront, à 1 fr. 50 c. par tonne, pour le chemin de fer, par an. . . . . . . Fr. 2,779,500

Les 1,553,000 tonnes produiront, à 1 fr. 50 c. pour le service complémentaire, par an. . . . Fr. 2,325,500

Aujourd'hui, le transport d'une tonne dans Paris coûte, par le camionnage ordinaire, 5 fr. ; par le camionnage des chemins de fer, 4 fr.

Quelques transports spéciaux, par marchés et entreprises, ne coûtent que 3 fr. C'est ce dernier prix que nous avons adopté.

6° Transport des boues de Paris.

En 1854, l'enlèvement des boues ménagères sur les rues pavées était effectué, chaque jour, par 382 voitures portant 2 mètres cubes, ce qui donnait pour l'année, mètres cubes de boues ménagères. 232,850

Le service des boues, sur les rues macadamisées, était fait par 36 voitures, portant une charge de 1 mètre cube 50, soit 54 mètres cubes par jour, ou, pour l'année, mètres cubes. 19,710

Total des boues enlevées en 1854 dans Paris. . 252,560

Les boues sont aujourd'hui enlevées, en grande partie, par des cultivateurs des environs de Paris, qui paient pour cet enlèvement une redevance à la ville de Paris, ou auxquels la ville de Paris paie une indemnité, suivant que les rues affermées sont plus ou moins fréquentées, plus ou moins populeuses, et surtout qu'elles sont pavées ou macadamisées. Il est peu de rues macadamisées dont les boues ne soient pas à charge à la ville. D'après les baux et actes passés pour 1854, la ville a perçu 36,000 fr. de fermage des boues, et elle a payé 74,000 fr. d'indemnité.

Il est permis de croire que, si les boues, recueillies par des chariots et dans des boîtes faits exprès, déposées sur les trucs à la gare du chemin de fer souterrain la plus voisine, et expédiées de là, au prix de 1 fr. 50 cent. la tonne, aux gares des grandes lignes des chemins de fer, étaient répandues par ces lignes dans tous les environs de Paris, les cultivateurs demeurant près de la ville, et qui profitent seuls aujourd'hui des boues, auraient des concurrents, que même les boues de Paris prendraient bientôt toutes cette voie.

On porte donc pour 200,000 mètres cubes, au lieu de 253,000

mètres cubes, fournis annuellement en boue par la ville, à 1 fr. 50 c. par tonne, parcours sur le chemin de fer souterrain, fr. . 300,000

Si le grand projet de M. le préfet de la Seine relatif au transport des boues (Voir p. 14) était exécuté, il ne se perdrait pas la moindre parcelle des boues de Paris, au moins des boues ménagères. La quantité des boues augmenterait donc sensiblement ; mais, pour le moment, on s'en tient au chiffre de 200,000 tonnes ci-dessus.

7º Produit du transport des vidanges et des eaux ménagères.

Les vidanges de Paris sont aujourd'hui, pour la plus grande partie, transportées à Bondy, à 8 kilomètres de Paris, transport très onéreux pour les entrepreneurs, puisqu'il faut monter des voitures pesant 1000 kilos et portant 2 mètres cubes, ou 2000 kilos, au haut des faubourgs les plus élevés.

Cette difficulté empêche que l'on transporte au dépotoir une grande partie des matières liquides, qui, si elles étaient séparées de l'eau qu'on y mélange, fourniraient pour l'agriculture un engrais encore meilleur que les matières solides.

Si, au lieu d'employer cette voie si onéreuse, on se servait du chemin de fer souterrain pour le transport des vidanges, chaque voiture, après avoir reçu sa charge, n'aurait à parcourir, pour arriver à la gare la plus voisine, qu'un demi-kilomètre environ, et, le plus souvent, beaucoup moins. Le transport sur le chemin de fer coûterait, pour chaque mètre cube, 1 fr. 50. En outre, au lieu du transport à Bondy, on pourrait, à l'aide des grandes lignes des chemins de fer aboutissant au réseau de voies ferrées souterraines, transporter, moyennant 15 centimes de plus par tonne et par kilomètre, les vidanges, à de bien plus grandes distances de Paris.

Le nombre des fosses vidées à Paris en 1853 a monté à 22,000

Elles ont produit : en matières liquides écoulées sur la voie publique, mètres cubes. 207,000

En matières solides ou liquides transportées au dépotoir de Bondy 100,000

En matières solides ou liquides (la plupart solides) transportées aux voiries particulières des vidangeurs. 57,000

Total, mètres cubes. 364,000

Comme il y a tout lieu de croire, en présence du prix de trans

port de **1** fr. **50** c., et à raison des qualités reconnues aujour-
d'hui aux matières liquides, que toutes les vidanges, tant liquides
que solides, seront remises au chemin de fer souterrain, on peut
compter sur le transport de (au lieu de 364,000) 300,000 tonnes, à **1** fr. **50** c. par tonne, ou sur une recette annuelle
de. . . . . 450,000 fr.

Récapitulation des produits du réseau de voies ferrées souterraines et du service complémentaire.—Répartition de ces produits entre les deux services.—Frais d'exploitation
et d'entretien du réseau. — Recette nette annuelle.

D'après les données ci-dessus établies, les produits du service
de transport tout entier se répartiraient ainsi entre le chemin de
fer et le service complémentaire :

	Recettes du chemin de fer	Recettes du service complémentaire
1° Les 16,000 voyageurs par jour (Voir ci-dessus, p. 19), à 5 centimes, produiront par an.	584,000 fr.	» fr.
2° Les bagages des voyageurs des chemins de fer, à 20 centimes par colis (p. 20), produiront par an. .	50,000	100,000
3° Les articles de messagerie et de factage dans Paris, à 20 centimes (p. 20), produiront par an.. . .	400,000	600,000
4° Les articles de vente du commerce et de commission dans Paris, à 20 centimes (p. 20), produiront	200,000	300,000
5° Les articles de roulage et de camionnage, soit 1,853,000 tonnes pour le chemin de fer, à 1 fr. 50 c. la tonne sur ce parcours, et 1,553,000 tonnes pour le service complémentaire, aussi à 1 fr. 50 c. pour ce service (p. 23), produiront par an	2,779,500	2,325,500
6° Le transport des boues (p. 24) produira	300,000	»
7° Les vidanges et les eaux ménagères (p. 25) produiront. . . .	450,000	»
Totaux . . .	4,763,500	3,329,500
Total général .	8,093,000 fr.	

Les frais d'exploitation et d'entretien du réseau de voies ferrées souterraines sont supposés devoir être de 40 p. 100 des produits.

Le total des produits étant de . . . . . 4,763,500 fr.

Il y aurait donc à porter pour frais d'exploitation et d'entretien. 1,905,400
____

Il resterait pour recette nette annuelle. . 2,858,100 fr.

Ce qui donnerait, pour intérêts des 40 millions de capital et pour amortissement et bénéfices, 7 fr. 145 p. 100

Le service complémentaire donnerait nécessairement aussi des bénéfices; mais, comme ce service n'exigera pas de concession, comme il sera l'objet d'une simple autorisation, on s'abstiendra pour le moment d'en supputer les recettes et les dépenses, en se bornant, dans le titre II ci-après, à en indiquer l'organisation, surtout quant à ses rapports avec le réseau souterrain.

CHAPITRE V. — *Réponse à quelques objections.* — *Ni la construction ni l'exploitation du chemin ne compromettront la solidité des maisons de Paris.* — *L'exploitation ne sera ni dangereuse, ni gênante par le bruit.* — *Les dépenses ne dépasseront pas les devis présentés.* — *Les dimensions des galeries seront suffisantes.* — *Aucun danger ne sera à craindre, ni pour la vie, ni pour la santé des voyageurs.*

Le projet de réseau de voies souterraines a été accueilli avec une faveur toute spéciale par les organes de la presse. Dans le numéro du *Siècle* du 19 juin 1855, M. Jourdan, rédacteur en chef du journal, développait, dans un article du plus haut intérêt, les avantages qui résulteraient pour la ville de Paris de l'établissement du réseau.

Dans le feuilleton scientifique de la *Presse* du 19 avril 1856, M. Louis Figuier faisait ressortir les mêmes avantages ; mais, en même temps, il élevait quelques objections ; et, notamment, il exprimait la crainte que l'établissement du chemin ne nuisît à la solidité des maisons riveraines.

Or, la solidité des maisons de Paris ne saurait être en rien compromise, ni par la construction, ni par l'exploitation du chemin de fer souterrain ; et une pareille objection n'a pu provenir que de défaut de renseignements sur le mode de construction et d'exploitation adopté.

Toutes les lignes du réseau suivent en effet, comme on le sait, les boulevarts et les rues les plus larges; une partie même de ces rues ou boulevarts n'est pas encore ouverte, et il est certain que sous les rues et boulevarts neufs il y aura beaucoup moins de difficultés de construction.

Si, avant que les travaux fussent commencés, l'ouverture de la rue, qui paraît projetée, de la place du Havre à la place du Palais-Royal, était définitivement arrêtée, on pourrait substituer cette rue et la partie de la rue de Rivoli entre le Palais-Royal et le boulevart de Sébastopol à la ligne entière du chemin de Rouen aux Halles, qui suit, dans le tracé actuel, la rue de la Chaussée-d'Antin et la rue Montmartre, et même à la ligne de la Bastille à la place de la Concorde par la rue de Rivoli, dont on n'aurait alors à conserver que la partie susmentionnée entre la place du Palais-Royal et le boulevart de Sébastopol.

Cette modification dans le tracé aurait, en outre, l'avantage de placer le chemin presque uniquement dans les rues nouvellement ouvertes, ou sur les boulevarts les plus larges, ou dans les rues les plus hautes de Paris, là où les difficultés de construction provenant des eaux ne seraient pas à craindre.

Mais, en supposant même que le chemin dût suivre le tracé actuel, les difficultés de construction ne seraient ni excessives, ni surtout compromettantes pour la solidité des maisons.

On concevrait que la construction offrît des dangers, et c'est ici qu'a eu lieu la méprise, si les galeries devaient être creusées *à ciel ouvert* : des tranchées aussi profondes causeraient, en effet, de bien grands bouleversements dans les rues de Paris. Mais les auteurs du projet n'ont pas été assez mal inspirés pour proposer une pareille impossibilité. Les galeries du réseau de voies ferrées souterraines seront toutes, sans exception, *creusées en tunnel*, à plusieurs mètres à droite ou à gauche de l'aplomb des maisons et des pieds-droits des égouts.

Sur tous les points où il le faudra, ce petit tunnel, de 3 mètres 33 centimètres de largeur sur 4 mètres 50 centimètres de hauteur (15 mètres cubes de déblais), sera ouvert au bouclier et même au châssis maillé, puis immédiatement boisé et maçonné, de manière à ne pas abandonner un instant le terrain naturel à lui-même sur un seul décimètre superficiel.

Un pareil ouvrage ne différerait absolument en rien d'une galerie de mine ordinaire, dont il aurait les dimensions, et qui s'exécute tous les jours, dans tous les pays, *dans tous les terrains*, comme travail courant, à des profondeurs bien autrement considérables au dessous du niveau des rivières, et même de la mer; seulement, on l'exécutera ici avec des soins et des matériaux tout spéciaux.

Il est sans exemple que l'exécution d'un ouvrage aussi simple, ayant d'aussi faibles dimensions, ait donné lieu à des accidents sérieux; et, sous le rapport de la hardiesse, on ne saurait comparer cette petite galerie de service aux grands travaux qui s'exécutent de toutes parts, et dont notamment Rouen et Liverpool offrent des exemples.

La construction elle-même produira à peine quelque encombrement dans les rues : les déblais extraits des puits ou regards seront enlevés au fur et à mesure de leur extraction, puisqu'ils ne devront pas servir à des remblais ultérieurs, et la gêne sera certainement moindre que celle qu'occasionne la simple réparation à ciel ouvert d'un égout ou d'une conduite de gaz.

Quant à l'exploitation, s'il s'agissait de faire rouler sous Paris des locomotives du poids de 15 à 20,000 kilogrammes, on pourrait y voir quelque cause d'ébranlement; mais les trains du réseau souterrain, mus par des machines fixes, coulant à une grande profondeur sur des rails presque tous de même niveau, composés de wagons dont pas un n'aura de poids extraordinaire, ébranleront certainement beaucoup moins les maisons que les lourdes voitures qui écrasent aujourd'hui les pavés de Paris; et le bruit ne sera pas non plus à craindre, car le bruit des convois sur les chemins de fer est principalement dû au poids et au jeu des locomotives.

Une deuxième objection consisterait à dire que les dépenses nécessaires pour l'entreprise dépasseraient peut-être les devis présentés par les auteurs du projet.

La réponse à cette objection résulte encore, en grande partie, du mode adopté pour la construction des galeries : les galeries devant être creusées *en tunnels*, et, toutes les fois que cela sera nécessaire, à une profondeur suffisante pour atteindre la couche imperméable d'argile au dessous des eaux qui inondent une partie du sous-sol de Paris, et, les dimensions de ces galeries ayant d'ailleurs été très réduites, les dépenses de construction devront rester dans les limites prévues.

Les auteurs du projet ont d'ailleurs entre les mains la soumission d'entrepreneurs très solvables et très sérieux, qui ont déjà exécuté des travaux très considérables en souterrains, pour les chemins de fer, et qui ont souscrit l'engagement d'exécuter le réseau de la galerie souterraine dans les prix fixés par le devis, en prenant à leur charge les puits d'extraction, les frais d'épuisement et toutes les dépenses prévues et imprévues.

Et ces prix ne sauraient être onéreux pour eux, car, outre leur expérience personnelle et l'étude spéciale qu'ils ont préalablement faite de la nature du terrain qu'ils auront à traverser, ils savent, comme tous les ingénieurs, que M. l'inspecteur général Brisson, d'après le résultat des travaux faits en France jusqu'à lui, porte de 250 à 400 fr. le prix de revient, en 1828, du mètre courant de canal navigable souterrain de 5 mètres 50 de hauteur sur 3 mètres 40 de largeur, présentant une section deux fois et demie aussi grande que celle de la galerie projetée.

On pourrait objecter encore que les dimensions des galeries ne seraient pas assez grandes ; mais la largeur et la hauteur des galeries sont suffisantes pour recevoir des voitures et wagons de transport ordinaires. Or, à quoi bon de plus grandes dimensions ? Les voitures des voyageurs consisteront en simples bancs, avec une hauteur d'appui ; l'accès y sera libre de toute part, et surtout dans le milieu. Quant aux colis et marchandises, ils seront placés derrière, dans des wagons de dimension un peu moindre que celle de la galerie.

Des galets, tournant dans le sens horizontal, seront ajoutés des deux côtés des trucs, de manière à soutenir le convoi dans les courbes, en roulant contre les parois du *tunnel*, et à rendre, même sur ces points, tout déraillement impossible.

Objecterait-on enfin que, si l'eau venait à faire invasion dans une galerie aussi profonde, la vie des voyageurs pourrait s'en trouver compromise ?

Nous avons vu plus haut que la galerie, construite en ciment romain dans toutes les parties où les eaux pourraient être à craindre, sera aussi étanche qu'un vase de porcelaine. L'expérience ne laisse aucun doute sur la possibilité d'y parvenir. L'exiguïté du tunnel, sa forme disposée en voûte, même dans les parois verticales, seraient à elles seules une garantie de solidité. Il serait donc impossible que la galerie vînt à être inopinément enfoncée et envahie par un torrent; et , en présence des gigantesques et nombreux travaux exécutés en ces derniers temps dans l'eau et sous l'eau, depuis le tunnel sous la Tamise jusqu'au chemin de fer sous Liverpool, ce ne serait pas sérieusement que l'on élèverait une objection pareille.

Quant à la salubrité des galeries, l'air, comme on l'a vu encore, constamment renouvelé par la marche des convois, s'y maintiendra toujours parfaitement pur et sain , de même que dans les gares ; et, comme cet air viendra de l'extérieur, il empêchera les trop grandes différences de température entre le dedans et le dehors.

Le conseil de salubrité , d'ailleurs, avant que l'administration autorise la circulation sur le réseau de voies ferrées souterraines, sera appelé à constater qu'il n'y existera rien de nuisible à la santé des hommes de service ou des voyageurs.

TITRE II.

Du service complémentaire de transport par voitures a chevaux. Moyens de transport des bagages de voyageurs, des articles de messagerie, de roulage, du commerce de détail et de demi-gros et des articles de commission, des gares du chemin de fer souterrain a domicile, et réciproquement. — Etablissement de cent petits bureaux auxiliaires pour le service général. — Résumé.

L'exécution de la partie du projet relative au transport entre les stations du chemin de fer souterrain et les divers points de Paris, donnera lieu à l'établissement de deux services distincts : 1º service des bagages des voyageurs, des articles de messagerie et du commerce et des articles de commission ; 2º service de roulage et de camionnage.

Le transport des bagages des voyageurs des chemins de fer des stations du chemin de fer souterrain à domicile, et réciproquement, le transport ou factage des articles de messagerie et le transport des articles du commerce de Paris et des particuliers, ou articles de commissionnaire, sera fait par des voitures, qui partiront, d'heure en heure, des stations-gares du chemin de fer souterrain, et qui parcourront la circonscription de chaque station.

Ces stations-gares et circonscriptions seront au nombre de 22, et 12 distributions par jour seront faites par les 22 bureaux (1), ou, en tout, 264 distributions.

Deux ou trois facteurs seront attachés à chaque voiture pour la prompte distribution, suivant l'importance des quartiers.

Des calculs exacts ont établi que, service du chemin de fer et service complémentaire compris, les bagages des voyageurs, les articles de messagerie ou factage et les articles de commission dans Paris, pourront être portés des grandes gares des chemins de fer à domicile, et réciproquement, au prix de 20 cent., prix inférieur de 30 et 40 p. 100 à ceux qui existent aujourd'hui.

Pour le transport des colis ou articles de roulage, il sera attaché à chacune des 22 gares du chemin de fer souterrain un bureau et un service spécial de roulage ou camionnage.

Chaque bureau de roulage desservira donc le vingt-deuxième de la surface de Paris, en faisant porter et prendre, sans discontinuation, pendant toute la journée, les articles de roulage, chez les destinataires et chez les expéditeurs.

Des calculs exacts ont établi que, service du chemin de fer et service complémentaire compris, les articles de roulage pourront être portés, sur tous les points et de tous les points de Paris, au prix de 3 fr. la tonne, prix inférieur de 30 et 40 p. 100 aux prix actuels.

Enfin, pour que le service des transports dans Paris soit complet, 100 bureaux secondaires, en outre des 47 gares ou stations du chemin de fer, seront établis sur tous les points de Paris éloignés de ces gares ou stations. Ces bureaux recevront tous les paquets ou articles de messagerie, ceux du commerce de Paris et ceux des particuliers. Les voitures de factage enlèveront ces paquets et articles dans chacune de leurs tournées, d'heure en heure, et les porteront aux 22 grands bureaux, d'où ils partiront immédiatement pour leur destination.

Les 100 petits bureaux recevront encore les demandes et avis de faire prendre les bagages des voyageurs des chemins de fer ou les colis de roulage.

---

(1) Paris contient dans ses murs 2910 hectares, et, non compris la Seine, 2760 hect. Ce dernier nombre, divisé par 22, donne pour chaque circonscription 125 hectares. Or, comme chaque hectare contient 10,000 mètres carrés, chacune des 22 circonscriptions aura 1,250,000 mètres carrés, ce qui équivaudra à un carré d'environ 1 kilomètre 360 mètres sur chaque côté. Le service pourrait même se faire dans les circonscriptions des 25 stations aussi bien que dans celles des 22 gares, et alors le parcours moyen serait encore bien diminué.

Les maisons connues pour expédier un grand nombre de paquets ou de colis n'auront, au reste, aucun avis semblable à donner : les voitures de factage ou de messagerie de leur circonscription prendront, chaque heure, en passant, et porteront aux bureaux de distribution tous leurs articles.

Ainsi, Paris serait doté du service de transport le plus prompt, le plus complet ; les parcours des voitures de factage, de camionnage et de roulage, dans ses rues, seraient diminués au moins des trois quarts ; le passage des lourdes voitures pourrait même être réglementé, et fixé, par exemple, à certaines heures de la journée.

En résumé, les auteurs du projet de réseau de voies ferrées sous Paris, sans demande de subvention, ni de secours, ni de privilége quelconque, sollicitent la permission d'exécuter, à leurs frais, risques et périls, un réseau de plus de 25 kilomètres de développement de voies ferrées, que MM. les ingénieurs du service municipal ont reconnu et ont déclaré ne pouvoir nuire ni aux établissements existants, ni à leurs services, ni à leurs projets ;

Qui ne portera nulle part la plus légère perturbation dans les industries actuelles ;

Qui ne compromettra pas plus la solidité des maisons que ne le ferait la construction du plus simple égout ;

Qui reliera entre elles et avec les ports de la rivière et du canal, ainsi qu'avec les Halles centrales et les principaux centres d'activité commerciale, toutes les gares des grandes lignes de chemins de fer aboutissant à la capitale ;

Qui, tout en désencombrant les voies publiques actuelles de ce qui les dégrade le plus et nuit le plus à leur agrément, le jour et la nuit, donnera les moyens de transporter avec célérité, à des prix excessivement modiques, les hommes et les choses.

Après un usufruit de 90 ans, la Compagnie abandonnerait à la ville la propriété de ses galeries, de ses 47 gares et stations et de leurs dépendances, cet ensemble formant un monument dont la valeur matérielle est estimée aujourd'hui à 40 millions.

En réalité, le projet est de la plus grande simplicité : au point de vue de l'art actuel des constructions, son exécution est exempte à la fois de tous dangers, de toutes difficultés matérielles, et ne réclame, de la part d'un ingénieur expérimenté , que des soins et de la prudence.

Sa réalisation donnera le moyen de faire des économies de tous les jours; et sera appréciée à toute sa valeur par les ouvriers, par les commerçants et par tous ceux qui auront à faire faire dans Paris des transports ou des commissions , ou qui recevront ou expédieront des articles de roulage.

SUPPLÉMENT AU TITRE II.

MODIFICATIONS NOUVELLES, RÉPONDANT A TOUTES LES OBJECTIONS,
ET APLANISSANT TOUTES LES DIFFICULTÉS DE CONSTRUCTION.

Ce qui précède était imprimé lorsque l'auteur a appris que les ingénieurs, consultés de nouveau par l'autorité supérieure, signalaient des inconvénients graves dans l'établissement d'un réseau de galeries de *vingt-cinq kilomètres* d'étendue, *tout entier* à une profondeur de 10, 15 et 17 mètres au dessous du sol, *surtout dans les parties où le sous-sol de Paris est inondé*, c'est-à-dire dans les parties basses de la ville.

Les raisons données ci-dessus (pages 27 et suivantes), les réponses si précises aux objections tirées de la profondeur des galeries, l'erreur étrange qui a fait supposer que les galeries seraient creusées à ciel ouvert, et sur laquelle les objections sont basées ; la soumission écrite déposée aux mains des auteurs du projet par des entrepreneurs sérieux qui acceptent tous les prix et toutes les conditions du devis, l'approbation donnée au projet par des ingénieurs expérimentés et complétement étrangers à l'entreprise, tout devait faire croire à une possibilité d'exécution ; et les auteurs du projet n'hésiteraient pas à se charger de cette exécution dans les termes de leur première soumission.

Mais comme, en définitive, le creusement des galeries à une moindre profondeur offrirait des avantages incontestables, surtout relativement à la dépense ; comme il n'est pas à supposer que l'administration municipale, en présence d'une proposition dont les résultats seraient immenses pour la ville de Paris, n'en favorise pas, autant qu'il sera en elle, l'exécution ; comme, ainsi qu'on va le démontrer, il serait possible, en modifiant le parcours du chemin de fer souterrain, de l'établir, sur un grand nombre de points, au niveau des égouts, sans contrarier le système des égouts, quelques modifications en ce sens vont être proposées.

Ainsi qu'on l'a dit plus haut, ce n'est que sur les observations qui leur furent faites par MM. les ingénieurs du service municipal que les auteurs du projet de voies ferrées souterraines se résignèrent à placer leurs galeries au dessous des égouts. Or, l'obligation qui leur était imposée *de ne contrarier ni les égouts présents, ni les égouts futurs,* n'impliquait nullement la nécessité de descendre, *sur tous les points de Paris,* à une telle profondeur.

Il pouvait se rencontrer, en effet, telle direction, telle rue, tel boulevart, où la pente du sol, sa configuration, sa position par rapport aux versants de la surface de Paris, à la direction des eaux vers les grands égouts ou vers la Seine, permettraient de placer les galeries ferrées au niveau et à côté des égouts, sans contrarier en rien soit ceux actuellement existants, soit ceux à établir dans la suite.

Que l'on suppose, par exemple, le chemin de fer placé sous une rue perpendiculaire à la Seine ou au grand égout de la rue de Rivoli : il est certain qu'en ouvrant à droite et à gauche de la galerie de fer deux galeries d'égouts le long des maisons de la rue, les eaux de ces égouts se rendront, le plus souvent sans difficulté, au grand égout, qui nécessairement a dû être placé dans la partie la plus basse de la ville ; ou bien encore les égouts, ainsi ouverts à droite et à gauche du chemin de fer souterrain, iront, suivant les pentes et la disposition du sol, se déverser dans les branchements des rues voisines, comme cela a lieu, du reste, pour la plupart des égouts de Paris.

La configuration du sol, sa pente, la disposition des versants de la surface de Paris, *peuvent donc permettre* d'établir *sur quelques points* le chemin de fer au niveau des égouts, *sans contrarier ni les égouts présents, ni les égouts futurs.*

Non seulement cela peut se rencontrer, mais cela s'est même rencontré. En effet, en même temps que les auteurs du *réseau de voies ferrées souterraines* poursuivaient la réalisation de leur projet, un autre projet de chemin de fer, simple tronçon qui devait relier les halles au chemin de ceinture, était présenté à l'administration municipale. Ce chemin, désigné sous le nom de *Chemin de fer des Halles,* suivait la même direction que le *réseau de voies ferrées souterraines,* depuis la gare du chemin de fer de Strasbourg jusqu'aux halles, en descendant le boulevart de Sébastopol.

Sur une longueur en souterrain de 2233 mètres, « le radier,

« dit un rapport imprimé et publié (1), ne devait être, dans pres-
« que toute sa longueur, qu'à *sept mètres environ en contre-bas des*
« *chaussées traversées,* et notamment de celle du boulevart de
« Strasbourg. » (P. 5.)

« Le tunnel devait être exécuté au moyen de *tranchées à ciel*
« *ouvert,* comme les égouts de la ville de Paris. » (Même rapport, p. 5.)

« Les maçonneries du souterrain devaient être rendues étan-
« ches, afin de les préserver des crues de la Seine. » (Même rapport, p. 10.)

Puisque le radier du chemin de fer des halles ne devait être
qu'à sept mètres au dessous du sol, il se serait trouvé nécessairement *au niveau des égouts du boulevart Sébastopol,* ouverts dans
ces derniers temps à une profondeur à peu près égale.

Bien plus, le chemin de fer des halles devait *rencontrer* l'aque-
duc de ceinture, *les petits égouts* près la cour de l'embarcadère de
Strasbourg, les conduites d'eau dites de Saint-Laurent, *l'égout de
la rue Saint-Denis, les égouts des halles et plusieurs autres.* Dans
le rapport précité, les moyens sont indiqués pour construire le
chemin *sans nuire* à ces conduites d'eau *et à ces égouts,* et ces
moyens consistent à les *détourner* ou *à les raccorder avec d'autres
égouts* et conduites, à les faire passer au-dessus du chemin par
des ponts aqueducs. Or, ce qui était possible pour le chemin de
fer des halles l'est également pour le réseau de voies ferrées souterraines *sur le même parcours.* La disposition et la direction
des égouts pourraient donc être modifiées sur ces points pour
faciliter l'établissement des galeries ferrées. Peut-être quelques
unes de ces modifications ont-elles déjà même eu lieu ; et le grand
égout du boulevart Sébastopol a-t-il été disposé de manière à
faciliter l'établissement du chemin de fer des halles.

Ce qu'il y a de certain, c'est que les auteurs du chemin de fer
des halles ont présenté leur demande *dans les conditions ci-dessus,*
et soumis un cahier des charges à M. le préfet de la Seine ; c'est
que la demande et le cahier des charges ont été examinés par un
comité pris dans le sein de la commission municipale ; c'est que

---

(1) Brochure in-8°. Chez Victor Dalmont, libraire des corps impériaux des ponts et
chaussées et des mines, quai des Augustins, 39. — 1856.

ce comité, dans son rapport à la commission municipale, n'a nullement trouvé à redire à ce que le chemin de fer des halles dût être placé au niveau des égouts et dût nécessiter le déplacement de plusieurs égouts ; c'est qu'enfin la demande et le cahier des charges auraient été admis, si les auteurs du chemin de fer des halles n'avaient exigé de la ville une subvention égale aux frais de la construction tout entière du chemin.

En effet, par délibération datée d'un des derniers jours d'avril ou des premiers jours de mai 1856, la commission municipale de Paris, — se fondant sur ce qu'aucune compagnie ne se présentait pour faire construire le chemin de fer des halles ; sur ce que la construction demandée à la ville sous le boulevart de Strasbourg coûterait 2,600,000 fr. ; sur ce qu'après avoir fait cette construction la ville pourrait être obligée de poser la voie, ce qui l'induirait dans une dépense de 1,600,000 fr. ; sur ce qu'elle pourrait être ensuite entraînée à poursuivre les constructions jusqu'au chemin de fer de ceinture, et se voir même forcée d'exploiter elle-même le chemin, — déclara qu'il y avait lieu de surseoir à l'examen du cahier des charges du chemin de fer des halles.

L'ouverture des galeries du chemin de fer des halles parallèlement et de niveau avec les égouts, la rencontre des égouts et la nécessité de les détourner, ne furent donc, comme on le voit, pour rien, dans le refus de la commission municipale ; il était, au contraire, parfaitement admis que le chemin de fer des halles ne descendrait *qu'à sept mètres au dessous des chaussées, qu'il marcherait au niveau des égouts ;* et MM. les ingénieurs de la ville le regardaient comme devant si peu contrarier les égouts présents ou futurs, qu'ils avaient donné un avis on ne peut plus favorable ; que l'un d'eux était désigné même comme auteur du projet *ainsi proposé* (1).

Nous avions donc raison de dire que l'obligation imposée aux auteurs du projet de réseau de voies ferrées souterraines de ne *contrarier ni les égouts présents, ni les égouts futurs,* n'impliquait nullement la nécessité de placer *toutes leurs galeries, sans exception,* au dessous du niveau des égouts.

____

(1) On lit dans les *Nouvelles Annales des constructions*, numéro du mois d'octobre 1855, en tête d'un article sur le chemin de fer des halles : *Chemin de fer des halles, par MM. Dupuit, Brame et Flachat.* M. Dupuit était alors ingénieur en chef directeur du service municipal.

Cela admis, on nous accordera encore que les égouts seront d'autant moins contrariés par les voies ferrées projetées, que ces voies suivront la direction des boulevarts nouveaux ou des rues nouvellement ouvertes ou à ouvrir, puisque sous ces rues et boulevarts il n'existe pas encore d'égouts, ou puisque, comme cela est arrivé pour le boulevart de Strasbourg, les égouts et l'écoulement des eaux peuvent être disposés et dirigés de telle sorte, à droite et à gauche du chemin de fer, que le chemin ne les gêne en aucune façon.

Sans doute, il importe à la ville de Paris d'avoir un bon système d'égouts, de se ménager les moyens de réaliser un jour le beau et grand projet de M. le préfet de la Seine. (Voir ci-dessus, p. 14.)

Mais ne lui importe-t-il pas également — de désencombrer ses rues et d'éviter les accidents quotidiens qui ne peuvent que se multiplier avec l'augmentation de la population ? — de procurer à ses ouvriers le parcours de la ville entière à cinq centimes ? — d'accélérer les services de factage et de camionnage, tout en introduisant dans les transports une économie annuelle de cinq millions ? — de favoriser l'établissement, dans le centre de Paris même, de quarante-sept gares ou stations sur des voies ferrées qui seront le prolongement de tous les grands chemins de fer aboutissant à Paris, et qui résoudront, par conséquent, le problème tant cherché de placer les gares de ces grands chemins de fer à proximité des quartiers les plus populeux et de tous les habitants ? — de perfectionner le service des vidanges et des boues ? — enfin, de mettre à la disposition de la ville vingt-cinq kilomètres de voies ferrées, traversant Paris dans tous les sens, aboutissant à tous les chemins de fer de l'extérieur, et qui serviront si admirablement (Voir ci-dessus, p. 14) à l'exécution même du projet de canalisation souterraine de M. le préfet ?

Pourquoi donc la ville de Paris se priverait-elle de ces deux avantages, celui de la canalisation souterraine et celui du réseau de voies ferrées, s'ils peuvent facilement se combiner, et le second même aider autant au premier ?

On croit, dans les modifications qui vont être proposées, pouvoir éviter, sur les parties basses de Paris, de descendre, si ce n'est exceptionnellement, dans les profondeurs du sol. Quant aux parties hautes, selon la disposition des versants, on suivra le niveau des égouts lorsque cela ne présentera aucun inconvénient possible, ou l'on descendra au dessous, le sous-sol de ces parties hautes n'étant pas inondé.

Suppression de la ligne des boulevarts (de la Bastille à la Madeleine), et de la ligne de la rue de Rivoli (de la Bastille à la place de la Concorde).

On commencerait, dans le nouveau projet, par supprimer *la ligne des boulevarts (de la Bastille à la Madeleine), et la ligne de la rue de Rivoli (de la Bastille à la place de la Concorde),* parceque ces lignes se trouveraient dans les parties basses de Paris, où, si l'on descendait à de grandes profondeurs, la rencontre des eaux présenterait des difficultés ; ou bien, si l'on se maintenait à un niveau peu profond, les deux lignes couperaient des égouts qui ne pourraient être facilement détournés.

Le réseau se composerait donc des lignes suivantes :

1re ligne. *De la Villette aux halles.*

La première partie de cette ligne, de la Villette au boulevart de Sébastopol, se trouvant sur les points les plus élevés de la ville, descendrait, si cela était nécessaire, au dessous des égouts, sans inconvénient, puisque la rencontre des eaux sur ces points élevés ne serait pas à craindre.

. La seconde partie, de la gare de Strasbourg aux halles, pourrait, comme nous l'avons vu plus haut, longer de niveau l'égout du boulevart de Sébastopol. Ce qu'on aurait accordé à un *tronçon* de chemin de fer qui ne devait s'exécuter *qu'au moyen d'une subvention énorme,* on l'accordera, à plus forte raison, à un *réseau* qui répond à tous les besoins, et *pour lequel aucune subvention n'est demandée.*

Un raccordement pris au dessus de l'égout de ceinture relierait la ligne de la Villette aux halles avec l'entrepôt de la douane.

Un autre raccordement la relierait avec la gare du chemin de fer du Nord.

2e ligne. *Des halles à la gare du chemin de fer de Sceaux.*

Le prolongement de la ligne du boulevart de Sébastopol, en

suivant ce même boulevart et en montant jusqu'à la barrière d'Enfer, exigera que la ligne descende à une grande profondeur et passe sous l'égout de la rue de Rivoli et sous la Seine ; mais, dès lors que ces difficultés deviendront *exceptionnelles* et ne s'étendront pas à la plus grande partie du réseau, il n'y aura plus à craindre qu'elles deviennent insurmontables, et que les dépenses prévues soient dépassées. Le prix de 750 fr. par mètre courant pourrait être doublé, triplé, quadruplé même, pour cette partie exceptionnelle du parcours, sans déranger en rien la somme totale, telle qu'elle a été fixée par le devis. On ne dira pas, d'ailleurs, que dans cette partie du parcours il sera impossible de construire le chemin de fer souterrain sans ébranler les maisons, puisque le terrain supérieur aura été entièrement déblayé pour le prolongement du boulevart de Sébastopol, puisque d'ailleurs on construit sans cesse des égouts dans Paris sous les maisons, et même sous les plus grands monuments, et à des profondeurs considérables, ainsi que cela s'est fait notamment pour les égouts du Carrousel et du Louvre (1) ; puisque, actuellement même, le chemin de fer de Vincennes se construit en souterrain à Vincennes, dans des rues *étroites*, sans que les maisons en soient le moins du monde ébranlées.

En remontant sur la rive gauche de la Seine la ligne retrouvera les parties hautes de Paris. L'absence des eaux, la nature du terrain, y rendront donc le forage en tunnel possible, même facile. Cette ligne, montant d'ailleurs suivant le sens dans lequel les égouts dérivent vers la Seine, pourrait encore être établie, sans inconvénient, de niveau avec les égouts.

3e ligne. Du chemin de fer d'Orléans à la gare de l'Ouest.

La ligne du chemin de fer d'Orléans à la gare de l'Ouest passerait sous le Jardin des Plantes ; de là elle arriverait à la Montagne-Sainte-Geneviève ; et, dans cette partie, elle pourrait encore se maintenir au dessous des égouts, dans un sol à l'abri des

---

(1) L'égout du Carrousel a été creusé sous les deux grandes galeries qui réunissent le Louvre aux Tuileries ; il en est de même de l'égout Froidmanteau et de l'égout du Louvre, qui débouche sous le pont des Arts, et qui a été creusé sous les vieux bâtiments du palais, qu'il traverse de part en part. On n'a jamais entendu dire que la construction de ces égouts ait menacé la solidité du monument, ni qu'elle ait même été considérée comme un tour de force.

eaux, solide, où le forage en tunnel serait également facile, et les dépenses peu considérables.

4° ligne. De la gare de Lyon à la place de la Bastille et à la place de la Concorde, par les quais de la rive droite de la Seine.

La ligne supprimée des boulevarts (de la Bastille à la Madeleine) et celle de la rue de Rivoli seraient remplacées par une autre ligne allant de la gare de Lyon à la place de la Bastille, et de là à la place de la Concorde, en suivant la rue Saint-Antoine jusqu'à l'Hôtel-de-Ville, puis les quais de la rive droite (bras droit) de la Seine.

Cette ligne toucherait à la gare du chemin de fer de Vincennes, sur la place de la Bastille. Si elle ne pouvait traverser le canal sur un pont, elle le traverserait en tunnel ; elle se maintiendrait ensuite au dessous des égouts, partout où cela serait nécessaire, dans la partie de son parcours entre la gare de Lyon et la place de l'Hôtel-de-Ville.

Mais sur les quais, à la hauteur du commencement du grand égout de la rue de Rivoli, la galerie souterraine ne rencontrerait plus d'égouts essentiels et qui ne pussent être facilement détournés, puisque les eaux de tous ces parages se déversent ou peuvent se déverser dans le grand égout. Tous les égouts rencontrés étant d'ailleurs fort bas à leur arrivée dans la Seine, les galeries ferrées trouveraient facilement leurs trois mètres de hauteur entre la voûte des égouts et la chaussée ou le trottoir des quais. Il n'y aurait donc aucun inconvénient à garder, sur cette partie du parcours, le niveau ordinaire. Des baies ouvertes dans les murs des quais pourraient servir à l'éclairage de la galerie. La ligne des quais mettrait le réseau en communication directe avec tous les ports de la Seine.

Un embranchement irait de l'extrémité de la quatrième ligne (gare de Lyon) au quai de Bercy, en suivant la ruelle des Mousquetaires et le quai de la Rapée.

5° ligne. Du chemin de fer de Rouen à la ligne des quais.

Quant au chemin de fer de Rouen, il pourrait être relié au réseau par une ligne suivant la rue du Havre, la rue Tronchet, la rue Royale, la rue Saint-Honoré, la rue des Champs-Elysées, les Champs-Elysées, et aboutissant à la ligne des quais vers la place de la Concorde, dût cette ligne passer exceptionnellement encore, s'il était nécessaire, sous les grands égouts qu'elle rencontrerait; mais on pourrait probablement l'éviter sans grandes difficultés.

Comme on le voit, ce n'est qu'*exceptionnellement* que, d'après ce nouveau projet, on aurait à descendre, *dans les parties basses de Paris*, au dessous des égouts. Cela ne se rencontrerait que pour la traversée de la Seine, peut-être pour la traversée du canal Saint-Martin, pour de petites longueurs aux approches de la rivière et du canal, et peut-être encore pour la ligne du chemin de fer de Rouen à la place de la Concorde. Partout ailleurs, les galeries seraient établies à très peu de profondeur au dessous du sol; ou bien, creusées dans des terrains élevés et à l'abri des eaux, elles seraient, sans inconvénient et sans grande dépense, placées à une profondeur plus grande.

Quant aux conduites d'eau, comme les eaux tendent toujours à reprendre leur niveau, il importera peu que les tuyaux de conduite descendent plus ou moins bas au dessous du sol.

Il en sera de même des conduites de gaz.

Nous ne parlerons pas de la dépense qu'occasionnera le nouveau projet; il est certain que cette dépense devra rester bien au dessous de celle du projet précédent, puisque, d'une part, le réseau sera moins étendu, et que, d'autre part, les galeries ne seront qu'exceptionnellement creusées à de grandes profondeurs, et ne rencontreront aussi les eaux qu'exceptionnellement. On ne fera donc plus aux estimations du devis le reproche d'être insuffisantes.

Nous terminerons par une observation générale, et qui s'applique à toutes les parties du nouveau projet :

Si les hauts magistrats qui gouvernent la ville de Paris étaient bien avertis, si le projet leur était suffisamment expliqué, s'ils étaient bien pénétrés des avantages sans nombre qui résulteraient pour la cité de l'établissement du réseau de voies ferrées souterraines, à l'instant toutes les difficultés de construction disparaîtraient.

Les galeries du réseau souterrain, n'ayant que *trois mètres* de hauteur, au lieu de *quatre mètres* qu'elles devaient avoir d'après le projet primitif, pourraient, sur presque tous les points difficiles, au moyen d'un tunnel en fer substitué au tunnel en maçonnerie, et qui aurait bien moins d'épaisseur, passer *au dessus* des égouts, même *transversaux*, sans contrarier en rien le système actuel ou futur des égouts, et il serait même possible d'éviter ainsi de passer *sous* l'égout de la rue de Rivoli et *sous* la Seine.

L'ancienne ligne des boulevarts, de la Madeleine à la Bastille, pourrait même être rétablie, et aussi celle de la gare de Rouen aux Halles, sauf que, pour cette dernière, on substituerait, au besoin, aux rues de Londres et de la Chaussée-d'Antin, la première partie de la rue qui paraît projetée entre la place du Havre et la place de l'Impératrice (près le Palais-Royal).

Ainsi se trouverait reconstitué l'ancien réseau, avec la seule substitution de la ligne des quais de la rive droite à la ligne de la rue de Rivoli.

Et quel tort l'établissement du réseau, ainsi réparti, pourrait-il faire *soit aux égouts présents, soit aux égouts futurs*, s'il est démontré qu'à très peu d'exceptions près et seulement pour des égouts qui seraient facilement détournés, des galeries en fer de trois mètres de hauteur peuvent, sur les points de rencontre, passer entre la chaussée des rues et l'extrados des voûtes des égouts !

Dans le cas où, sur les parties les plus basses du réseau, il faudrait, plus tard, pour faire passer un égout *futur*, rehausser la galerie ferrée, cela ne se ferait-il pas toujours sans difficulté, en substituant le tube en fer au tunnel en maçonnerie ?

Les dimensions beaucoup plus étroites des galeries actuelles, réduites à *deux mètres et demi* de largeur, au lieu de *sept mètres* que devaient avoir les galeries primitives à deux voies, présentent, évidemment aussi, des conditions tout autres, puisqu'elles permettront de construire, des deux côtés des rues qu'elles longeront, des égouts et d'autres galeries, et que le raccord des égouts détournés avec les branchements voisins en deviendra, par conséquent, plus facile.

Les conditions du projet sont donc aujourd'hui toutes différentes ; les obstacles primitivement opposés n'existent plus ; et si l'administration supérieure le *veut*, elle *peut*, sans aucun inconvénient pour le présent ou pour l'avenir, en autoriser l'exécution.

Or, quelle plus grande gloire pourrait acquérir l'administration de la ville que de faire concorder le plus beau système de transport avec le plus beau système de service des eaux , des égouts et des vidanges, qui ait jamais existé? La cité reconnaissante bénirait ses magistrats d'un aussi grand bienfait ! Fleuron plus beau ne saurait être attaché à une couronne préfectorale ! ! !

6482 Paris , imprimerie Guiraudet et Jouaust , rue Saint-Honoré, 338.

TABLE DES MATIÈRES.

OUVRAGES DU MÊME AUTEUR

AU BUREAU DES ANNALES DU DROIT COMMERCIAL

Boulevart des Italiens, 27.

Annales du droit commercial, ou Mémorial du commerce et de l'industrie; législation, doctrine, jurisprudence et économie commerciale. — 66 feuilles in-8 par an. — Prix : 18 fr. — Collection, 2ᵉ série (1845-1855), 66 fr.

Journal de l'assureur et de l'assuré; assurances contre l'incendie, la grêle, la mortalité des bestiaux, sur la vie, tontines, etc. — 12 fr. par an. — La collection (1848-1855), 24 fr.

Journal des commissaires-priseurs et des amateurs d'objets d'art et de curiosité; articles sur les objets d'art et de curiosité, sur les livres et les médailles; prix auxquels ces objets ont été adjugés dans les principales ventes aux enchères. — 18 feuilles in-8 par an : 9 fr. — Collection, 2ᵉ série (1854-1855), 12 fr.

Almanach de l'assurance mutuelle pour l'année 1852. — Prix : 50 centimes. — Epuisé.

Crédit foncier; Guide des fondateurs, des directeurs et administrateurs des établissements de crédit foncier; théorie et pratique; proposition et discussion d'un système de billets au porteur à remettre aux emprunteurs, bénéfices considérables pour la société, partage des bénéfices avec les emprunteurs, tendant à égaliser l'intérêt entre tous les emprunteurs. Grand in-8. 6 fr.

Harmonies sociales; principes servant de base aux sociétés, à l'ordre, à l'union et à l'autorité, avec cette épigraphe : *Amour, liberté, autorité, unité.* — Prix : 3 fr. 50 cent.

6339. — Paris, imprimerie Guiraudet et Jouaust, rue Saint-Honoré, 338.